ROÉSIES
NATIONALES

PAR

L'ABBÉ ARNAUD DE VILLEFRANCHE.

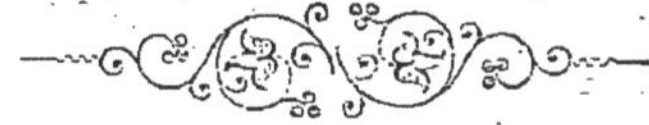

RIBÉRAC

IMPRIMERIE C. DELECROIX

Rue de la Sous-Préfecture

1870

POÉSIES

NATIONALES

PAR

L'Abbé Arnaud de Villefranche.

RIBÉRAC

IMPRIMERIE C. DELECROIX.

Rue de la Sous-Préfecture

1870

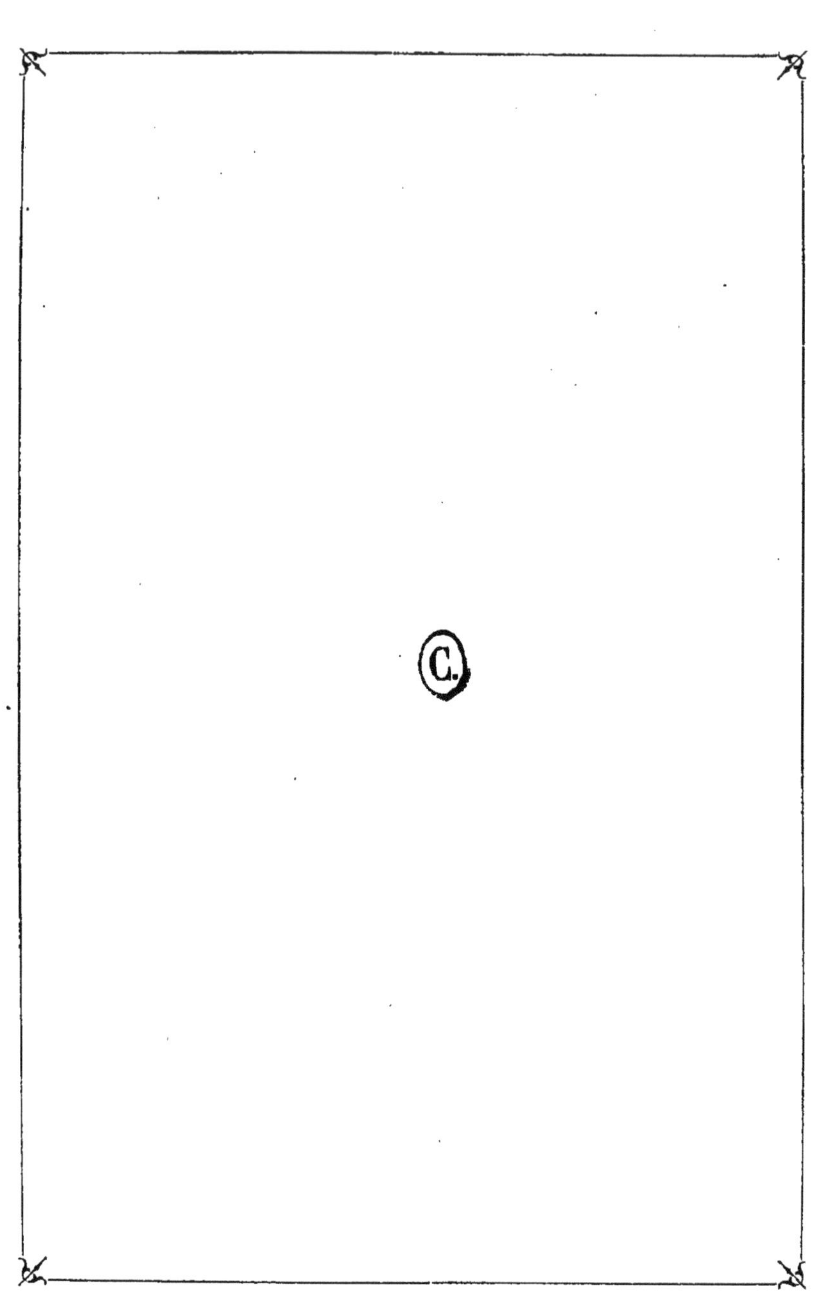

L'ASSOMPTION.

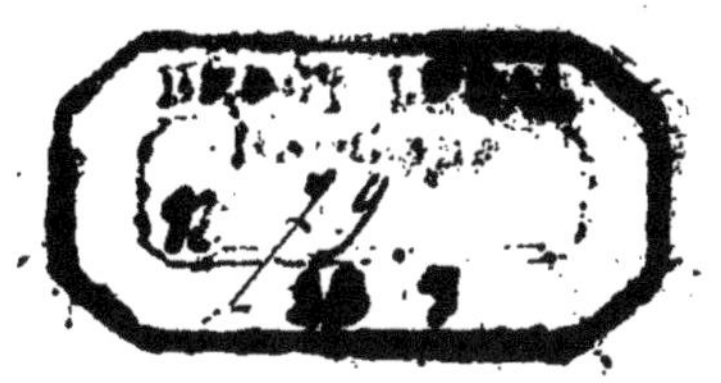

L'ASSOMPTION

À NOTRE GRACIEUSE SOUVERAINE

Et le Fils se pencha sur le sein de sa Mère
Souriant à l'humanité ;
Et l'Esprit de l'Amour voilant ce doux mystère,
Répétait : Charité!

(ANONYME).

Quels sons harmonieux, en sublimes concerts,
Comme un hymne d'amour résonnent dans les airs ;
Et quel souffle divin vient agiter mon âme?
Un céleste génie et m'échauffe et m'enflamme :
O brûlants Séraphins, prêtez-moi vos accords...
Le feu qui me consume éclate en saints transports !

Quelle création nouvelle
Sort de tes mains, Dieu Tout-puissant?
Je vois une marque immortelle
Sur son front rayonnant :
C'est un de tes reflets, Dieu que l'archange adore :
L'éclat de son regard, plus pur que le saphir,

Eclipserait les clartés de l'aurore
       Ou les perles d'Ophir !
Temple du Dieu vivant ouvre ton sanctuaire :
Je reconnais, Seigneur, ton Epouse et ta Mère !

Ainsi qu'un humble lys, sur le soir d'un beau jour,
Après s'être enivré de lumière et d'amour,
Ferme, sans le flétrir, son éclatant calice,
Attendant de l'aurore une larme propice
Pour l'ouvrir, et livrer au souffle du matin
Le précieux trésor enfermé dans son sein :
Ainsi, brille à mes yeux cette Vierge bénie,
Qui, dans un doux sommeil, abandonnant la vie
Sans perdre ni ternir sa première beauté,
Se réveille bientôt, brillante de clarté ;
Et, prête à s'envoler vers la voûte éternelle,
Paraît ! brisant ses fers, plus charmante et plus belle !

Vous ! cèdres du Liban, palmiers de Gelboé,
       Et vous, sources de Siloé ,
       Ne versez plus de larmes :
    Revêtez-vous de tous vos charmes,
       Tressaillez de bonheur...
Il est si doux d'oublier la douleur !
Livre, Sion, ton cœur à l'allégresse ;
       Dépouille-toi de ta tristesse,

Ne parais plus en deuil :
Ta bien-aimée a quitté le cercueil !
Assise au trône de sa gloire
La Mort célébrait sa victoire :
A la voix du Très-Haut elle a pâli soudain ;
Et dans sa faible main,
Comme un roseau fragile
A l'orage exposé,
Comme un vase d'argile
Son sceptre s'est brisé !

« Chantons ! chantons ! la Vierge Immaculée,
» Mère de Dieu, mère du Bel Amour,
» Chantons Marie ! au ciel Reine appelée
» Par les élus qui composent sa cour.
» Chantons ! chantons ! du Monde l'espérance,
» De l'opprimé le généreux soutien :
» Et que, jamais l'heure de la souffrance
» Ne rende ingrat le cœur du vrai chrétien !
» Pour célébrer cette Vierge bénie,
» Guide immortel des faibles et des forts !
» Sans te lasser ! Eternelle Harmonie,
» Inspire-nous de ravissants accords.
» Anges très-purs, venez ! chanter aussi sa gloire,
» Chanter sa gloire et son amour
» Sur la Mort sa victoire !

» De ses bienfaits conservons la mémoire...
» Ici, jurons! d'aimer du plus tendre retour
» Marie, — au ciel pour la chérir un jour! »

La terre a fait silence!
Elle frémit d'un saint effroi :
Dans les airs la Vierge s'élance...
Ciel! abaisse-toi !
Temple du Dieu vivant! ouvre ton sanctuaire :
Voici! voici! Seigneur, notre Mère et ta Mère !
De sa gloire étonné,
L'habitant du céleste empire
Ne fais plus résonner les cordes de sa lyre :
Il incline son front de splendeur couronné !

Gabriel le premier a reconnu Marie.
« Venez, dit-il, enfants de la Sainte Patrie :
» C'est Elle! Oh! que de fois pendant son doux sommeil
» J'ai contemplé, ravi, son front pur et vermeil :
» Quand l'esprit de l'Amour la couvrait de son ombre,
» Que Satan frémissait... plongé dans la nuit sombre,
» Oh! oui, c'est Elle! Oh! oui, mon cœur le dit assez :
» Hâtons-nous d'accourir : Anges de Dieu, venez! »

D'un vol majestueux et d'une aile assurée,
La phalange à ces mots fend la plaine azurée;

Chante un hymne d'amour sur un nuage d'or,
Et déjà vers les Cieux prend son rapide essor !
    Entendez-vous ? — « Demeures immortelles
        » Ouvrez vos portes éternelles,
        » Abaissez vos parvis sacrés !
» Sur la terre d'exil, vous, Peuples ! espérez...
» Ouvrez-vous ! ouvrez-vous ! C'est la Vierge angélique,
        » C'est l'humble fille de Sion ;
        » C'est la rose mystique,
        » Le vase pur d'élection :
        » C'est l'aurore brillante
      » Belle comme l'étoile du matin,
        » Celle qui reçut dans son sein
      » D'un Dieu sauveur l'âme naissante.
        » Abaissez vos parvis sacrés !
» Sur la terre d'exil, vous, Peuples ! espérez...
        » Demeures immortelles,
» Ouvrez ! ouvrez ! vos portes éternelles ! »

Ils montent jusqu'au trône où de la Trinité
En triangle de feu brille la Majesté !
Dans un saint tremblement l'ange, muet, s'incline,
Et l'Eternel disait à la Vierge divine :

« Ton cœur avant de battre était déjà béni,
» Et mon Fils, tu le sais, à ton sang s'est uni,

» Pour relever enfin l'Humanité déchue
» Dans la nuit de l'erreur tristement descendue !
» De ton nom à jamais ! les siècles à venir
» Ma fille ! béniront l'aimable souvenir.
» Mon amour prit plaisir à former tous tes charmes,
» Et loin de toi, toujours, bannissait les alarmes :
» Maintenant, viens régner au séjour glorieux,
» Je soumets à tes lois et la Terre et les Cieux ! »

Jésus dit à Marie : « O Toi ! que mon cœur aime,
» Viens ! je ceindrai ton front du sacré diadème :
» Reine des cieux, accours ! De la main de ton Fils,
» En ce jour solennel, reçois ce digne prix.
» Il est des malheureux qu'un poids bien lourd oppresse ;
» Rends la paix et l'espoir à ces cœurs en détresse ;
» Mon immense pouvoir je le mets en tes mains :
» Tu peux donc, à ton gré, secourir les humains :
» Ils sont tous tes enfants ! souviens-toi du Calvaire...
» Mortels, consolez-vous... Ma Mère est votre Mère !

» De l'humble qui gémit Elle sèche les pleurs,
» Et de son âme en deuil sait calmer les douleurs.

» Quand Elle verse une larme,
» Du Dieu vengeur s'éteint le courroux menaçant ;
» Sa prière désarme

» Son bras tout-puissant.

» En sa douceur extrême,
» A l'enfant qui l'aime
» Elle offre l'éternel séjour :
» Aimez-la bien ! — ici, vous ornerez sa cour ! »

Soudain, comme un ruisseau limpide
Dont le flot pur vient caresser les bords,
L'Esprit ! au cœur de la Vierge timide
Fait monter ses plus doux transports !

« Ma bien-aimée est toute belle !
» Objet constant de mon amour
» Miroir sans tache ! en ce merveilleux jour,
» Je te retrouve enfin !... mon Epouse fidèle !
» Jamais un souffle impur ne flétrit ta beauté,
» Ne souilla de tón cœur l'aimable pureté.
» Venez ! venez ! brillants archanges,
» Venez, Cieux ! venez tous... célébrer ses louanges !
» Chérubins enflammés, touchez vos harpes d'or :
» Dans vos ravissements, chantez ! chantez encor ! »

Et les célestes voix : — « Notre reine s'avance !
» Dans un hymne sans fin exaltons sa puissance !
» Sur ce front radieux quelle sérénité...

» Anges , allons ! portons-la sur son trône ,
>> » Tressons une couronne
>> » D'amour et d'immortalité ! »

Et la voix de l'Esprit : — « Anges ! comme Elle est belle
>> » Mon Epouse fidèle !

» Jamais un souffle impur ne flétrit sa beauté ,
» Ne souilla de son cœur l'aimable pureté !...

>> » Se dépouillant de sa majesté sainte ,
» Le Fils de l'Eternel veut habiter ton sein :
» La Terre alors frémit d'espérance et de crainte :
>> » Mais notre amour sauve le genre humain !

>> » Sur ta trace
>> » Que l'homme passe !
>> » Apaise en cet auguste lieu ,
» La colère de Dieu !

>> » Voyez ! comme Elle est belle
>> » Mon Epouse fidèle !
» Faites, ô Séraphins ! parler vos lyres d'or :
» Dans vos ravissements, chantez, chantez encor ! »

« Notre Reine s'avance !

» Dans un hymne éternel exaltons sa puissance !
  » Sur ce front radieux quelle sérénité...
» Anges, venez ! portons-la sur son trône,
      » Tressons une couronne
      » D'amour et d'immortalité ! »

Et le Fils se pencha sur le sein de sa Mère
        Souriant à l'Humanité ;
Et l'Esprit de l'Amour voilant ce doux mystère,
        Répétait : Charité !

Mais, je n'éprouve plus de suave délire,
Et je sens se briser les cordes de ma lyre...
Oh ! pourquoi me ravir aux délices du ciel !
Qui chanter, ici-bas, l'homme abreuvé de fiel ?
O Marie ! à ses pleurs ne sois pas étrangère !
Viens guérir ses douleurs, soulager sa misère :
Ecarte ! loin de lui, ce long et sombre deuil
Qui commence au berceau pour finir au cercueil !
J'implore à deux genoux... un regard pour la France :
Dans le cœur de ses fils réveille l'espérance :
De ta main maternelle, oh ! daigne les bénir !
Puissent-ils espérer en sondant l'avenir !

NAPOLÉON IER

NAPOLÉON Ier RELEVANT LES AUTELS

A SA GRANDE AME !

« Je ne suis qu'un instrument dans la main de
» la Providence... » — *Passage des Alpes*.

Quand un siècle, vieilli dans la honte et le crime,
Du néant, sans pâlir, ose sonder l'abîme,
Sur les débris de Dieu l'homme veut s'élever.
Hardi contre Lui seul! sa haine le déchire.
Et tandis qu'il Lui doit le souffle qu'il respire,
    Il s'étudie-à le braver !

Des sages avaient dit en leur orgueil extrême :
Dieu n'est plus? la Raison est notre Dieu suprême.
Peuples ! brisez les fers dont vous charge un tyran.
Peuples ! réveillez-vous pour écraser l'infâme...
Mais Dieu fit éclater le courroux de son âme,
    Pareil à l'orage brûlant !

En ce temps-là, pleurait l'ange du sanctuaire.
Le temple du Seigneur dépouillé, solitaire,
Dans l'enceinte muette appelait ses enfants :
Ses enfants, qui fuyaient vers la terre étrangère.
Si parfois, leurs regards se portaient en arrière,
      L'horreur hâtait leurs pas tremblants !

Sur l'autel renversé voyez-vous cette femme ?
Toujours ivre de sang ! son œil jette la flamme.
Voilà du Peuple-Roi l'auguste liberté !
C'est elle ! qui préside aux destins de la France,
Et qui daigne accorder un brevet d'existence,
      Au Maître de l'Eternité !

Ecoutez ! des concerts au sein de la tempête ?
Les tyrans ne sont plus ! Célébrons leur défaite.
Victoire ! Le voici... le vengeur de l'autel !
Il a franchi les mers comme un aigle sublime ;
Il s'avance en courroux pour détrôner le crime :
      C'est l'envoyé de l'Eternel !

Gloire ! au libérateur de la milice sainte.
L'impie à son aspect a frissonné de crainte ;
Sa bouche n'ose plus blasphémer le Seigneur :
Salut ! toi qui nous rends l'autel du sacrifice :
Le juste te bénit ! Que le méchant frémisse.
      C'est le réveil du Dieu vengeur !

Son bras a triomphé, gloire au vaillant athlète.
Satan s'est replongé dans sa sombre retraite ;
Dans les parvis sacrés j'entends l'hymne de paix :
L'enfer soulève en vain sa tête menaçante
Pour lancer ses poisons : sa rage est impuissante,
  L'œuvre de Dieu ne meurt jamais !

    ~~~~

D'où naît ce bruit confus comme une mer qui gronde ?
Gloire ! à Napoléon, vainqueur, maître du monde !
Sa foudre sillonnant tous les fronts couronnés,
Les colosses du Nord ont frémi de colère ;
L'Anglais, pâle d'effroi, baisse sa tête altière :
  Les peuples se sont prosternés !

De vos tombeaux brisés secouant la poussière,
Héros des anciens jours, vous ! que la terre entière
Adorait en tremblant : paraissez aujourd'hui !
Descendez fiers Romains du haut du capitole :
Vous ! dont le nom vola de l'un à l'autre pôle :
  Parlez ! Qu'êtes-vous devant lui ?

De leurs vieux fondements il arrachait les trônes ;
Il foulait sous son pied, les sceptres, les couronnes ;
Vingt monarques détruits... gisaient à ses genoux :
Il foudroyait le monde, armé de son tonnerre,
    ~~~~

Et faisant à son gré les destins de la terre :
    Qui l'eût bravé dans son courroux ?

Que dis-je! un conquérant fût-il jamais sublime?
Non! Roi des nations, il creusait cet abîme,
Où viennent s'engloutir comme dans un cercueil,
Les débris tout fumants abattus par sa rage :
De ses plus grands exploits la plus brillante page,
    Sera toujours noire de deuil.

Tel, l'Etna bouillonnant, allume son cratère,
Et lance en tourbillons sa sinistre lumière;
Tel, on le voit encore brisant ses arsenaux,
Vomir en mugissant sa lave dévorante,
Les rochers calcinés et la cendre brûlante
    Qui s'éteindra sur des tombeaux.

Il fut grand! ce guerrier qu'environnait la gloire;
Il fut grand! ce héros, ce Dieu de la victoire!
A son char de triomphe enchaînant l'univers,
Sous chacun de ses pas il écrase un empire :
Voyez-vous ce rocher? là sa grandeur expire,
    Sans avoir pu briser ses fers!

Comme le flot superbe au sein des mers retombe,
Ses triomphes d'un jour l'ont suivi dans la tombe;
Il n'est resté qu'un nom de ce fier conquérant.

L'ouvrage des mortels fragile, périssable,
Est ce brillant palais qu'on bâtit sur le sable :
          C'est un magnifique néant !

          ~~~

Mais, quand l'homme associe à la vertu divine
Ses timides efforts! tout devant lui s'incline,
Le temps ne peut miner son ouvrage puissant.
C'est de l'Eternité l'impérissable image :
Les siècles sont détruits! lui, passe d'âge en âge
          Comme le Dieu toujours vivant !

          ~~~

NAPOLÉON III.

A L'EMPEREUR !

et

AU PRINCE IMPÉRIAL

« Je tiens à honneur que, sous mon règne, les
» fleuves comme les révolutions rentrent
» dans leur lit ! — *Inondation du Rhône.*

o L'Empire, c'est la paix : » Je l'ai dit à la terre.
Si les Huns sont debout? — « L'empire c'est la guerre ! »
Marchons ! et le passé sera régénéré.
Quand le bronze en grondant vomissait la mitraille,
L'aigle abattait son vol sur les champs de bataille :
    L'aigle n'est point dégénéré !

Mais les Huns sont partout! vaincus loin de la France,
Ils nourrissent ici la coupable espérance
De noyer en leur sang les vrais fils de Brennus.

Souffrirez-vous, soldats, qu'une tache si noire
Vienne souiller vos noms dans notre grande histoire,
　　Ces grands noms du monde connus!

Que notre union soit le tourment de leur haine.
Ah! s'ils nous voient unis! éperdus, hors d'haleine,
Ils viendront embrasser vos genoux, votre fer....
Noble armée! ils voudraient, trompant ta vigilance,
Et caressant en toi du peuple la vaillance,
　　Par toi ce bon peuple étouffer!

Français! de l'ennemi la colonne est rompue!
Cette tourbe insolente à l'âme corrompue,
Voulait corrompre aussi l'âme des purs Gaulois :
Et, flattant le soldat, flattant la multitude
S'écriait qu'une main trop puissante et trop rude
　　Vous traçait de trop dures lois!

Que ferais-tu sans lois, ô France bien-aimée!
Asservie aujourd'hui, demain exterminée;
Toi, reine, en un seul jour rebut de l'univers;
Ta couronne par terre et ton cou sans parure :
Dieu! tu ne serais plus qu'une servante impure,
　　Ou qu'un cadavre empli de vers!

L'époux aime l'épouse : eh bien! France je t'aime!
Pourquoi craindre mes lois : ne suis-je point toi-même?

Autour de moi qu'entends-je? — « Il a trahi sa foi,
» Il a souillé ton lit... Cet époux infidèle ! »
France ! ai-je mérité cette injure cruelle?
Réponds !! — « Louis, sois toujours roi ! »

Je le serai ! pour plaindre et gagner les coupables ;
Pour prévenir du moins leurs excès redoutables.
A force de clémence et de bénignité ,
Je veux que cette race altière et turbulente,
Lasse de la licence et des maux qu'elle enfante,
  Adore enfin la Liberté !

Mais la liberté vraie ! et non la vaine idole
Dont parlent les tribuns, peuple vain et frivole.
Cette liberté sage, en ses robustes mains,
Tient un glaive vengeur, un recueil de justice :
C'est la Force et le Droit, des mœurs chassant le vice,
  Et sauvant ainsi les humains.

La liberté pour tous ! Oui, telle est ma devise.
Ce prince doit périr qui pour régner divise.
O Pontife du Christ ! sois tranquille et sans peur.
De tes enfants ingrats ne craint point la menace :
O Père ! tu sais bien que l'auteur de ma race
  Fut malheureux... jamais trompeur !

Une faute souvent appelle une autre faute
Roi-Pontife, chez toi, la raison est trop haute
Pour ne pas, en ces vers, distinguer un aveu...
— Malgré tout! dans la paix de cette Heure présente,
Que nous appelons tous une heure bienfaisante :
    Vois du Grand Oncle le neveu!

La révolution cherche à broyer le monde.
Sans foi, ni loi, ni cœur, elle rugit et gronde!
J'ai voulu museler la bête aux fortes dents
Qui mord avec fureur, qui déchire avec rage,
Qui dévore les rois, à la tête peu sage;
    Jeunes et vieux! tous imprudents.

Qu'ai-je gagné? voici : — L'éternel anathême,
O Révolution! de la plèbe qui t'aime.
Pourtant, ta fosse est là! de mon règne l'honneur
Sera d'avoir creusé cette fosse profonde
Où je te coucherai, malgré ta voix immonde
    Qui veut m'inspirer la terreur!

Europe! ne dis pas : — « Ecoute! à l'Italie
» Tu vins donner la main : c'était jouer ma vie! »
— J'ai voulu délivrer un peuple malheureux,
Du joug de l'étranger, joug pesant pour sa tête,

Sans prétendre par là déchaîner la tempête,
    Qui fait trembler les rois chez eux !

Je voulais au Mexique établir un empire,
Une puissance amie, en tuant le vampire
Qui buvait à longs traits le plus pur de son sang :
Le ciel fut contre nous mais non pas la victoire.
Ce prince ! que je pleure… est-il tombé sans gloire
    Sous un plomb lâche s'affaissant !

Sadowa ! — Je n'ai pu confondre la malice
Du hautain qui m'a dit : « Que tout genou fléchisse
Devant mon maître et moi ! » — Les temps peuvent venir.
Où, notre aigle volant vers les aigles d'Autriche.
Ils seront pris vivants comme des faons de biche :
    Commençons bien pour bien finir !

Le Pape dépouillé ! — Par moi n'a-t-il point Rome ?
Rome tant convoitée !.. et que la main de l'homme
Ne ravira jamais !! c'est un décret divin.
Pour l'arracher à Pierre, au Pontife Suprême
Il faudrait braver Dieu, s'armer contre Dieu même :
    Tout ce courroux serait en vain !

Pour garder, Cher Enfant, la pourpre impériale,
Respect au Pape-Roi ! par crainte filiale.

Ce respect est la base où tout trône est assis.
Et que deviendrais-tu sans l'Eglise vivante
Qui fait les nations ? — Les hommes qu'on nous vante,
    Sans Elle, ENFANT, sont bien petits !

A l'œuvre j'ai connu, pendant ces vingt années,
Ces hommes en renom aux âmes si mal nées.
O peuple ! s'écrient-ils : « Toi seul est souverain ! »
Puis, roulant sur leur lèvre une phrase sonore,
Ils osent ajouter au grand jour : « Je t'adore ! »
    Dans le secret... c'est le dédain !
Tu verras des méchants la ligue dissipée
Si tu couvres l'autel de ta vaillante épée,
Si tu conserves Rome à l'univers chrétien.
Le Grand Homme y toucha : Soudain Moscou s'enflamme,
La garde meurt, il tombe... On enchaîne son Ame :
    Il était Tout, il ne fut rien.